창비시선 54

이시영 시집

바람 속으로

창비

차 례

제1부 ___

제1부

기러기떼

기러기들 날아오른다
얼어붙은 찬 하늘 속으로 소리도 없이
싸움의 땅에서
초연이 걷히지 않는 땅에서
한 마리 두 마리 세 마리 네 마리
바람 속에서 오늘 눈감은 나의 형제들처럼

〈1986〉

무덤 가에서

봄의 꽃들은 무참히 꺾이고
무덤 가엔 침략자들의 발자국이 어지럽다
친구여 아직은 잠들지 말아라
우리들의 핏빛 눈동자에
그날 새벽의 적을 향해 외로이 칼을 꽂던
너의 죽음은 생생히 살아 있다

〈1986〉

무명용사의 무덤 곁에서

너를 여기 두고

화해의 시대를 외쳤구나 우리는.

총창으로 그어진 팔을 높이 들어

술잔을 부딪치며

우리는 어느 새 우리의 상처를 잊었구나

민주주의가 온다는 광장에서 한바탕 춤을 춘 뒤

우리는 우리의 목발을 잊었구나

너를 잊기 위해

고개 저어 마침내

무덤 속 페인트칠한 채 누운 너를 잊기 위해.

그러나 햇빛 아래 네 온몸의 페인트를 벗겨내지 못한

봄은

더 이상 우리의 봄이 아니다

거짓이다 위선이다

1980년 5월 27일 새벽

좁혀드는 총칼의 숲에 밀리다가

차가운 꽃 한 송이로 스러진 용사여 젊음이여

너를 여기 둔 채 외치는 그 어떤 역사도

역사 아니다

〈1986〉

형님네 부부의 肖像

고향은 형님의 늙은 얼굴
혹은 노동으로 단련된 형수의 단단한 어깨
이마가 서리처럼 하얀 지리산이 나를 낳았고
허리 푸른 섬진강이 나를 키웠다
낮이면 나를 낳은 왕시루봉 골짜기에 올라 솔나무를 하고
저녁이면 무릎에 턱을 괴고 앉아
저무는 강물을 바라보며
어느 먼 곳을 그리워했지
느린 소들의 잔등 위로 햇빛이 바스라져 내리고
보리밭에 산그늘 덮이면
가슴 속으로 때없이 울던 기적소리
자라서 우리는 누구나 다 한번씩 기차를 탔고
가서 더러는 돌아오지 않고
객지에 뼈를 묻은 친구도 있었지만
경지정리가 끝난 낯선 논둑길을 따라
이쁜 딸애의 손목을 잡고 들어서는
훤칠한 피아골의 사내도 있었다

고향은 형님의 늙은 얼굴
혹은 노동으로 단련된 형수의 너른 어깨
우리가 떠난 들을 그들이 일구고
모두가 떠난 땅에서 그들은 시작한다
아침 노을의 이마에서 빛나던 지리산이
저녁 섬진강의 보랏빛 물결에
잠시 그 고단한 허리를 담글 때까지

〈1986〉

우리 동네 地名풀이

산나물도 많아 봄이면 처녀들 즐겨 찾던 웃대내
쑥대머리 총각들 풀짐 지고 내려오다
지게목 받쳐놓고 앉아 쉬던 아랫대내
인공 때는 무서워 얼씬 못하던 고개
물이 넘쳐 무데미밭 캐어보면 물감자
아욱 갈고 상치 갈아 붉덩물에 흘려보냈지
바람 거센 대추머리 벌판
6.25 땐 행장 들어서서 부역깨나 했었지
비행장 걷어내고 무우를 갈았더니
그해 가을 허벅지 같은 무우들이 쑤욱쑥 뽑혔지
비틀비틀 넘어간다 배틀재 고개
해마다 버스 굴러 두 동강났지
그 아래 유묵젱이 논 닷 마지기
어야디야 못춤도 잘 꽂히던 찰흙논 상답
두렁에 앉아 손 씻고 먹던 못밥
서울 간 양복쟁이 들어선다 들가운데
여름 소나기 속으로 소 몰고 뛰던 길

14

물이 깊어 웃냇가 징검다리 아랫냇가

이 밭 저 밭에서 하루일 끝낸 아낙들이 모여 앉아

호미를 씻던 곳

콩밭도 넓다 가름젱이

이글이글 더운 밭 매고 나면

가으내 수수 털고 희디흰 미영꽃 땄지

물레야 돌아라 물레야 돌아라

동지 섣달 긴긴 밤 미영을 잣아

따순 날 받아 마당가에 잿불 일구고

왔다갔다 날틀 씨틀에 걸어 베 매고

달그닥잘그닥 우리 식구 베옷을 짰지

추운 밤엔 노인들 해소도 잦아

봄이 오면 가래뜸 뒷산에 벌겋게 드러나던 흙

아가 아가 우리 아가

문고리 잡고 웃던 아가

젖 모자라 너 죽었니

명 짧아 너 죽었니

상기도 어머니 호곡소리 들리는 것 같아
책보 메고 잰걸음으로 지나치곤 하던 방아들 너머 애장터
꺼멓게 검버섯 핀 돌 틈 사이로
삐비꽃 하늘하늘 돋아 있었지
쑥부쟁이 샛노랗게 돋아 있었지
갈아엎은 논물 위로 파아란 산이 비치는 때
왕시루봉 은빛 머리 하얗게 날리는 때

〈1986〉

동구앞

얼마나 많은 사람들이 떠나갔나
히노마루 어깨띠 걸고 황토언덕 넘어,
이른 아침 베잠방이 바람으로
태극기 흔들며 포성을 향해.
얼마나 많은 사람들이 사라져갔나
총부리 등에 꽂은 채 포승에 묶여
정든 논둑길 띠라,
옷보따리 품에 안고 거친 트럭에 실려.
얼마나 많은 사람들이 돌아오지 않았나
동구앞 동구앞엔 늙은 정자나무 한 그루
아직도 어른거리는 흰옷 입은 모습들

〈1986〉

고려 여인

그녀가 거기 살고 있다니.
말로만 들어도 낯선 소연방 카자흐 공화국 수도
알마아타의 노천시장, 그녀가 거기
고스란히 살고 있다니.
62세, 김옥분 할머니
아버지의 고향은 평양
세 살 해부터 만주로, 우수리강 유역으로 떠돌다 블라디
보스톡에 정착했다가
하루아침에 내린 스탈린의 극동지역 한인 강제이주조치
에 의해
두세 달이나 걸린 긴 여행 끝에 이곳으로 왔다지
1937년 여름, 말도 마라. 도중에 굶어죽은 수천 농민들
병든 할머니를 빈 들에 눕혀두고 왔다
중앙아시아, 한여름에도 봉우리마다 만년설이 덮이고
허허벌판, 수천년 카자흐인들이 말을 타고 양떼를 몰던
고원
하늘 한번 쳐다볼 겨를이나 있었나

그 낯선 草地에 삽을 박고

水路를 열고 20만 고려 농민들 새 삶을 시작했지

연해주에서처럼 집단농장을 다시 열고 목화와 삼을 갈고

양파를 심었다

거만한 러시아, 카자흐인들도 부지런한 우릴 부러워했지

우리가 어디 안해본 농사가 있나

쌀, 호박, 고추, 당근, 사과, 포도, 수박, 참외, 박, 옥수수

한여름 내내 농장에서 살고

겨울에는 또 면직공장엘 갔지

사는 것이 좀 나아지자

아이들은 모스크바로 어디로 가

대학도 다니고 의사로 부총장으로 체육선수로 출세해

황 미하일, 최 니콜라이, 박 알렉산드로, 무슨 예프, 무슨 비치로 달라졌지만

김옥분 할머니야 그냥 농사꾼

봄철 내내 가꾼 배추로 김장을 담궈

시장에 내다 파는 반 장사꾼

하루에 20루블도 벌고 30루블도 벌지만

4남 2녀가 모두 도시로 나가고

농장집에 혼자 산다

고려 사람은 어디에 가 살아도

김치를 먹어야 산 것 같다며

하루종일 노점상 널판지 위에 올라서서

김치와 고추장과 야채를 판다

민족은 무엇이고 조국이란 무엇인가

태양에 그을린 시커먼 얼굴, 골 깊은 주름인가

일과 바람에 닳아버린 손바닥인가

처녀적 목화밭에서 불러본 아리랑 아리랑 아라리요인
가

그러나 거기, 모스크바에서 비행기로 네 시간

이름만 들어도 아득한 카자흐 공화국 수도 뒷골목 어스
름 속에

장사를 마친 한 여인이 돌아가고 있다
작은 키에 흰 머릿수건을 쓴.

〈1986〉

눈이 부신 날에

가로수잎들이 바람에 날리고 있읍니다
길을 걸으며 나는 문득
당신을 보고 싶습니다
그 옛날 우리가 새로 태어났던 날의 초록잎새처럼
아직은 푸르름이 채 가시지 않았을
당신의 맑은 얼굴을

〈외국문학 · 1986〉

밤을 위하여

너와 나를 갈라놓는 이 밤이 두렵다 친구여

너의 밤은 차디찬 철창의 밤, 수갑의 밤, 타는 푸른 눈의 밤

나의 밤은 게으르고 나른한 탄식의 밤, 절망의 밤, 헛된
새벽에의 밤

이 밤을 뛰어넘어 기나긴 능선의 밤을 맞고 싶다 친구여

격전지를 향해 어깨를 겯고 오르며

검은 하늘의 별떨기 같은

커다란 사상의 밤을 낳고 싶다

그 속에서 너와 나 하나인

〈외국문학·1986〉

앞들 뒷들

굶주린 마을에 봄이 오면
사금파리 빛나는 언덕에도 새 쑥이 돋고
겨우내 눈보라에 갇혀 울던 애장터에도 봄눈이 녹아
보송보송한 민들레가 돋고
오랜만에 물길을 만난 개울은 소리쳐 흘러
온 마을 사람들을 퍼뜩 정신 들게 한다

〈외국문학·1986〉

쌍봉

살아생전엔
한 분은 사랑채에서 한 분은 안채에서
헛기침만 서로 말없이 시기하시더니
죽어선 고향 뒷산 잔솔밭에 따로따로 묻혀
한 이십년 적적히 지내시다가
햇빛 이리 좋은날
동네 가까이로 내려와
험한 산맥이 낳은 애가 봉우리들처럼
전혀 낯선 모습으로 앉아 있구나

〈외국문학·1986〉

눈

눈이 내린다

오늘에서 내일로 이어지는 굳은 언약 위에

그 작은 실핏줄 위에

뛰는 숨결처럼 뽀오얀 눈이 내린다

이제 막 피 흘리며 쓰러진 희망과

가슴 속에 남은 말과

거리에 깊이 패인

노여운 함성을 지우며

〈외국문학·1986〉

지평선에서

폐허의 거리에 봄이 왔단다
친구야 일어서서 우리 얼굴을 보자
재 너머 눈 시린 황토무덤에
그날의 피 맺힌 숨결인 듯
자욱히 민들레씨 인다

〈실천문학·1985〉

정적

반포대교를 건너면 그곳은 나타난다
아침마다 헬기가 내리고 뜨는
거대한 그린 필드
서남으론 삼각지에서 서빙고역,
동남으론 이태원에서 한남동,
북으론 남산 아래턱 남영동 후암동까지.
옛날엔 이 땅이 조선군 사령부였지
버스를 타고 가다 보면
수지 미용실, 크라운 골프샵, 킴스 드라이크리닝 건너편
으로
숨죽인 듯 그저 고요한 막사들
1900년대엔 흰옷 입은 농꾼들이
곡괭이를 올러메고 와
내 땅 내놓아라 소리치다 피 흘리던 곳
그때의 감나무도 땀 배인 호박 구덩이도
해방의 길을 단숨에 달려온 지까다비도
철조망 안에서 썩고 있는데

오늘은 자작나무 흰 숲 아래로
유우에스 아미 용산 메인 포스트의
번쩍이는 선명한 금빛 마크, 햇빛 아래
굳게 닫힌 푸른색 문
그렇다 친구여, 오늘의 발자국은 소리가 없다
혈맹도, 미소짓는 흰 이빨의 굳은 악수도
저 낮은 퀀셋 그림자처럼
우리를 한번 삼키면 다시는 내놓으려 하지 않을 뿐
모습없이 소리없이 고요하기만 한
서남동북 수만 평 넓고 푸른 땅

〈실천문학·1985〉

어머니

어머니

이 높고 높은 아파트 꼭대기에서

조심조심 살아가시는 당신을 보면

슬픈 생각이 듭니다

죽어도 이곳으론 이사 오지 않겠다고

봉천동 산마루에서 버티시던 게 벌써 삼년 전인가요?

덜컥거리며 사람을 실어 나르는 엘리베이터에

아직도 더럭 겁이 나지만

안경 쓴 아들 내외가 다급히 출근하고 나면

아침마다 손주년 유치원길을 손목 잡고 바래다주는 것이

당신의 유일한 하루 일거리

파출부가 와서 청소하고 빨래해주고 가고

요구르트 아줌마가 외치고 가고

계단청소 하는 아줌마가 탁탁 쓸고 가버리면

무덤처럼 고요한 14층 7호

당신은 창을 열고 숨을 쉬어보지만

저 낯선 하늘 구름조각말고는

아무도 당신을 쳐다보지 않습니다

이렇게 사는 것이 아닌데

허리 펴고 일을 해보려 해도

먹던 밥 치우는 것말고는 없어

어디 나가 걸어보려 해도

깨끗한 낭하 아래론 까마득한 낭떠러지

말 붙일 사람도 걸어볼 사람도 아예 없는

격절의 숨막힌 공간

철컥거리다간 꽝 하고 닫히는 철문 소리

어머니 차라리 창문을 닫으세요

그리고 눈을 감고 당신이 지나쳐온 수많은 자죽

그 갈림길마다 흘린 피눈물들을 기억하세요

없는 집 농사꾼의 맏딸로 태어나

광주 종방의 방직여공이 되었던 게

추운 열여덟 살 겨울이었지요?

이 틀 저 틀로 옮겨 다니며 먼지구덕에서 전쟁물자를 짜다

해방이 되어 돌아와 보니

시집이라 보내준 것이 마름집 병신아들

그 길로 내차고 타향을 떠돌다

손 귀한 어느 양반집 후실이로 들어가

다 잃고 서른이 되어서야 저를 낳았다지요

인공 때는 밤짐을 이고 끌려갔다

하마터면 영 돌아오지 못했을 어머니

죽창으로 당하고 양총으로 당한 것이

어다 한두번인가요

국군이 들어오면 국군에게 밥해주고

밤사람이 들어오면 밤사람에게 밥해주고

이리 뺏기고 저리 뜯기고

쑥국새 울음 들으며 송피를 벗겨

저를 키우셨다지요

모진 세월도 가고

들판에 벼이삭이 자라오르면 처녀적 공장노래 흥얼거리

며

이 논 저 논에 파묻혀 초벌 만벌 상일꾼처럼 일하다 끙

달을 이고 돌아오셨지요

비가 오면 덕석걷이, 타작 때면 홀태앗이

누에철엔 뽕걷이, 풀짐철엔 먼 산 가기

여름 내내 삼삼기, 겨우내내 무명잣기

씨 뿌릴 땐 망태메기, 땅 고를 땐 가래잡기

억세고 거칠다고 아버지에게 야단도 많이 맞았지만

머슴들 속에 서면 머슴

말고랑에 엎드리면 여름 흙내음 물씬 나던

아 좋았던 어머니

그 너른 들 다 팔고 고향을 아주 떠나올 땐

몇번씩이나 뒤돌아보며 눈물 훔치시며

나 죽으면 저 일하던 진새미밭 가에 묻어 달라고 다짐 다
짐 하시더니

오늘은 이 도시 고층아파트의 꼭대기가

당신을 새처럼 가둘 줄이야 어찌 아셨겠읍니까

엘리베이터가 무겁게 열리고 닫히고

어두운 복도 끝에 아들의 구둣발 소리가 들리면

33

오늘도 구석방 조그만 창을 닫고
조심조심 참았던 숨을 몰아 내쉬는
흰 머리 파뿌리 같은 늙으신 어머니

〈실천문학 · 1985〉

귀향

먼 나라에서 왔다
흙이 그리워 왔다
눈부신 빛에 놀라 일어선 머리를 처박고
흐느끼는 강, 너 다시 말없는 섬진강아
그날의 섬뜸에는 더벅머리도
아침해를 삼키고 부르짖던 소들도
다 어디로 가고
부끄러워하는 풀꽃들만 숨죽이고 있다

칡덩굴에 팔다리가 묶여 산에서 내려왔을 때
정자나무에 매여 서리 같은 어머니가
담금질을 당했을 때
집에서 불기둥이 솟고
야경에서 돌아온 형이
농구화말로 온 동네를 짓밟고
독한 수펄이 되어 떠났을 때
누나는 호박구덕을 파고

고요히 누워버렸다

타는 눈을 켠 붉은 지네들이

골목을 기었다

배반하고 찌르고 용서하고

찔러 새하얗게 엎드린 사람들

모래구덕에 며칠을 덮여 지낸 뒤

등뒤로 손이 묶여

네 품에 던져졌다, 섬진강.

너는 흐르면서 상처난 옆구리로

나를 삼켰다가 토했다

그 후 싸우고 뻗고 일어서며 잊자고 다짐했지만

나를 배반한 고향,

가을 새들이 떨어져 숨는 미나리꽝은 보여

뻘밭을 건너뛰며 異國의 소들을 몰았다

북국의 흰 소떼를 몰았다

그러나 돌아눕는 산천,

눈이 내리면 징 박힌 소들은
제 살을 파며 울었다
동구앞 섬뜸이 보이지 않을 때까지
내려치고 짓밟고 뒹굴었다만
등짝에 지른 시퍼런 칼
빼지 못하고 왔다
젊은날의 낙인 지우지 못하고 왔다

〈악당 · 1985〉

서울행

여수발 서울행 밤 열한시 반 비둘기호
말이 좋아 비둘기호 삼등열차
아수라장 같은 통로 바닥에서 고개를 들며
젊은 여인이 내게 물었다
명일동이 워디다요?
등에는 갓난아기 잠들어 있고
바닥에 깐 담요엔
예닐곱 살짜리 사내아이
상기된 표정으로 앉아 있다
야덜 아부지 찾아가는 걸이어요
일년 전 실농하고 집을 나갔는디
명일동 워디서 보았다는 사람이 있어.
나는 안다 명일동
대낮에도 광산촌같이 컴컴하던 동네
스피커가 칵칵 악을 쓰고
술 취한 사내들이 큰댓자로 눕고
저녁이 오면 낮은 처마마다

젊은 아낙들의 짧은 비명이 새어나오는 곳
햇볕에 검게 탄, 향기로운 밭이슬이 흐르는
저 여인의 목에도 곧 핏발이 서리라
집 앞 똘물에 빨아 신긴
아이의 새하얀 고무신에도
곧 검은 석탄가루가 묻으리라
그러나 나는 또 안다
그녀가 모든 희망을 걸고 찾아가는 명일동은
이제 서울에 없다는 것을.
엿장수 고물장수 막일꾼들의 거리는 치워지고
바라크 대신 들어선 그린맨션 단지에선
깨끗한 아이들이 재잘거리며
푸른 잔디 위를 질주하고 있음을.
여수발 서울행 밤 열한시 반 비둘기호
보따리를 풀어 삶은 계란을 내게 권하며
젊은 여인이 불안스레 거듭 물었다
명일동이 워디다요?   〈마당·1985〉

炭川

탄천은 흐른다
이제 아무도 기억해주지 않는 길을
장마철이면 서울특별시장의 위험경고나 받으며
도사의 온갖 쓰레기와 흙탕물을 배 위로 드러낸 채.

송사리 가재가 살고
둑 위로 달래와 쑥이 파릇하면
벌말 대청말 농부들이 맛나게 두렛밥을 먹고는
억센 팔로 물꼬를 터
언덕 위 무성한 오이밭을 적시던 시절이 있었지

그 시원한 농사꾼들은 다 어디로 갔나
독한 농약으로 눈을 뜰 수 없고
사방에서 쏟아내는 폐수에 팔이 저리지만
검은 얼굴을 들어 다시 한번
힘차게 흐르고 싶다
흘러넘쳐 깡통과 누더기와 비닐하우스의 땅을 뒤엎고

순박한 땅의 살결을 만나고 싶다

만나서 왈칵 스미고 싶다

아무도 나를 기억해주지 않고

내가 여기 부글부글 끓고 있는지를 모른다 해도

〈政經文化·1985〉

겨울숲에서

눈 덮인 겨울숲은 아름답다
찢어질 듯 무거운 눈송이들을
온몸으로 버팅겨 인 채
따로따로 모여서서 거대한 침묵을 이루는
겨울 산이 더욱 좋다
나도 이제 내 몫의 침묵을 안고
돌아서야지
저 살아 있는 마을의 떨리는 불빛들 속으로

〈마당·1985〉

봄

지난해 웬만한 찬 서리 눈보라에도
끄떡없더니
간밤의 삭풍엔 얼마나 울었는지
산아 모진 산 푸른 산아
자고 일어나 보니
어느덧 네 이마에도 반쯤 백발이 서려
이 아침 우리 애기들 뛰는 가슴 가까이로
성큼 내려와 섰구나
허리 아래론 아직도 서늘한 푸르름 드리우고

〈1985〉

제2부

편지

그대 앞에 서서 무엇을 말하랴. 시간은 흘러가고 우리들
도 뿔뿔이 흘러서 저 새하얗게 숨죽인 바다에 닿아 부서지
고 있다. 그대들 앞에 서서 이제 무엇을 말하랴. 나 또한 내
몸 구석구석에 페스트를 갖고 있으니.

그러나 나와 그대들아, 우리를 영원히 잠재우려 하는 저
끝모를 잠들과 아무도 싸우려 들지 않는다면, 그 아무도 흉
흉한 저들과 싸우려 하지 않는다면……

〈學園·1984〉

목마름

물이 흐른다
물 위에 썩은 물이 흐른다
물 밑에 시퍼런 고요,
고요를 삼키고 돌멩이가 날은다
물 속에 얼굴이 흐른다
멈추었다 그리워 흐른다
아, 물 위에 목을 달고 사꾸라가 흐른다
흐르다가 한번은 하얗게 뒤집혀야 할
물 밑에 소리지르며 타는 물이 흐른다

〈學園·1984〉

신록 앞에서

깊은 밤 나무들은 하늘에다 더운 말들을 쏟아놓고
새벽이 올 때까지 그리워 어찌할 줄 모르네
그러나 새벽이 오면 바람이 와
갱엿 같은 말들을 쓸어가고
쓸어가고 쓸어간 자리에 남김없이 돋는 이파리
햇볕 속에 혀를 내민 속속 이파리

〈學園 · 1984〉

어느 날

교황 성하의 크고 부드러운 손이

하늘엔 영광을, 이 땅엔 빛을

그리고 광장에 모인 일백만 신자들의 머리에

새 순 같은 축복을 내리고 있는

오월 어느 날, 화창한 일요일

여의도 10번 구역

원호회관 앞을 건너는 찌그러진 호떡 리어카 한 대

앞에서는 남편이 끌고 뒤에서는

애를 업은 그의 아내가 밀며

조금전 그들을 벽으로 밀어붙여 리어카를 내리치던 쇠파

이프와

이내 그것을 밟고 선 성스러운 사람들 사이를 지나

땀투성이 얼굴로 은총이 넘치는 광장을 뒤돌아보며

욕설을 하며 아무도 안 보는

어두운 땅을 향해 나아가고 있다

〈政經文化 · 1984〉

잔설을 보며

잔설은 녹고 있다

녹지 않았다

어젯밤 우리가 못다 꾼 꿈처럼

희끗희끗 빛나고 있다

늦은 저녁녘

고속터미널 뒷길이나 한 처녀가 자살한

팔레스 호텔 옆을 지나며

소나무 밑둥치를 발목 깊이 덮고 있는

잔설을 보면

아, 나는 그 뿌리로 내려가

모든 추운 것들을 감싸는

불씨가 되고 싶다

아니, 어디에 닿아도 녹지 않고

스미지 않는, 저 돌멩이 곁 빛나는

차디찬 사랑이 되고 싶다

〈韓國文學·1984〉

삼십년

깊은 산 외로운 골짜기에
버려진 무덤 하나
풍우에 시달리고 세월에 깎여
작은 돌기만 남은
벌거숭이 무덤
6.25 때 총 맞아 동료를 놓친
한 이름없는 북녘 병사의 것일까
돌아오지 않는 아들을 찾아 헤매다 쓰러진
어느 남녘 어머니의 무덤일까
아무도 다니지 않는 적막 산길에 엎드려
해마다 봄이 오면 무덤가에 화사한 아기진달래를 피워
건너서 갈 수 없는 찬 벼랑을 불태운다
이편 저편 갈라선 온 민둥산을 불태운다

〈東亞日報 · 1984〉

용마선

기동차는 달리고 싶다
노을 비낀 서강을 향해,
어둑한 집들이 모여 사는 수색을 향해,
혹은 돌아서서 일백년 전
제국군대가 신병기를 차고 넘던
사창고개 지나 용산 쪽으로
해방의 그날처럼 달리고 싶다 용마선
그러나 옛 감격의 목소리는 들리지 않고
아직도 해방되지 못한 식민지의 백성들이
하루종일 등짐을 져 나르고 구슬땀을 훔치는
내 땅 내 하늘 아래,
오늘은 굴다리 위 화물차 몇 칸
죽은 듯 멈추어 있다 반쯤 석탄을 실은 채.
이제 아무도 기억하지 않으리
하나로 달리고 싶은 저 두 가닥 선로의 타는 욕망과
조는 듯 삽자루를 들고 선
늙은 역부의 거친 숨결을.

그러나 멈춘 기차는 달리고 싶다

낮은 집들에 하나둘 불빛이 밝기 전

언덕을 돌아 기적을 울리며

석양의 옛 나루에 가 닿고 싶다

왁자지껄 소금기 묻은 사람들 속으로

구레나룻 속으로

불소주처럼 내리고 싶다

식식거리고 싶다

〈世界의 文學·1984〉

마포를 지나며

철근은 자란다
마포 제일빌딩 신축공사장과 가스공장이 맞닿은
아슬아슬한 골목길 위로 불쑥
철근은 자라 출근길의 내 발목을 휘어잡는다
내려다보면 지하 오십 미터의 까마득한 밑에서도
미쓰비시가 흙의 맨살을 파내고 있고
그 옆에서 인부들이 철근의 뿌리를
심고 있다 일백년이 지나도 뽑히지 않을
견고한 다리 위로 곧
욕망의 첨탑은 솟아오르리라
피뢰침을 달고 하늘 가까이.
그러나 엊그제까지만 해도 바로 그 자리는
이 땅의 가난한 색시들이 앉아
하느님께 따스한 술을 팔고
몸을 받던 곳
그들은 다 어디로 가버렸는가
대답 대신 하느님의 큰 손 같은 거대한 해머가

한 채 남은 동성약국의 등어리를 후려치는 아침,

철근은 자란다 나무뿌리처럼 쑤욱쑥

새들이 나는 하늘에도 땅 위에도

〈世界의 文學·1984〉

무너지는 마을

마을에 아파트단지가 들어서자
원주민의 붉은 얼굴은
언덕 밑으로 쫓겨가
루핑을 이고 개들을 기르기 시작했다
고층아파트의 우람한 등은
아침 햇살을 가리고
그들과 그들의 논밭 사이를 갈랐다
아침마다 일터로 가기 위해
단지를 가로질러 가야 했지만
그해까지만 해도 그들에겐
하루종일 싸워야 할 앞들이 있었다
털털거리는 경운기에 아내와 어린 딸을 싣고
돌아오는 저녁 농부의 모습은 아름다웠다
그러나 앞들에도 아파트 공사가 시작되고
대신 돈이 굴러들어오고부터
남자들은 할 일이 없어졌다
언덕 아래로 술집들이 모이고 가구점과 전자대리점,

미용실과 사우나장이 들어섰다

마을은 이제 평화로운 옛 마을이 아니었다

밤마다 술 취한 아버지와 아들이 집을 흔들고

흔들리는 벽 아래서 시어머니와 며느리가 머리채를 잡
았다

그리고 그 돈을 다 썼을 때

봄은 오고 풀빛이 푸르렀다

모락모락 아지랑이 타오르는 언덕 위에서

논밭을 삼키고 온 트랙터가

거대한 삽날을 번쩍이며 흙을 쏟아부었다

언덕은 무너지고

마을은 곧 묻히리라

그들의 오랜 꿈까지도

〈世界의 文學·1984〉

밤

밤은 먼 들의 바람을 몰고 와
십오층 빌딩의 옥상에 부려놓는다
거세게 부딪는 바람소리를 들으면
나는 빈 들로 나아가
한 마리 성난 사랑이 되고 싶다
그러나 밤은 가슴에 더욱 큰 바람을 안고 와
다시 한번 난간을 들이 받고
피 흘리며 들판을 헤매다가
새벽녘 가장 강력한 폭풍이 되어
그 속에서 무너지지 않는
빛나는 눈동자를 태어나게 한다

〈世界의 文學·1984〉

새

새들은 날아오른다
겨울 추운 북풍 속으로
빠알간 부리를 빛내며
온몸으로 새들은 날아오른다
핏빛 연기 잠든 마을에 더 이상의
큰 슬픔이 없을 때까지
지상에 붙박힌 그들의 영혼을 차며
저 광막한 하늘 위로
노여움 속으로

〈世界의文學·1984〉

외길

오늘도 갈 길이 없어 되돌아서서
또 어젯밤까지 가보았다
밤으로만 닿은 길을 걸어
십년 내내 돌아섰던 길을 걸어
돌아서서 걷는 길만이 나의 길이라 다짐하며
끝까지 가보았다
그러나 갈 길이 많은 밤은 끝이 없어
어젯밤보다 그젯밤보다 더 많은 길을 만들어 걸어가서는
갈 길 없는 나를 불러
밤새도록 가슴으로 기쁨으로 다른 길들을 걷게 해놓고
새벽이 오면 다시 막힌 길만 내 앞에 주고는
또 돌아서라 한다

〈新東亞 · 1984〉

어느 시인

일제말에 그는 지까다비를 신고 親日을 했으며
해방후에는 어둠 속으로 쫓겨온 민족주의자들을
열번도 더 모른다고 고개를 가로 저었으며
1960년 4월에는 참으로 잠시동안 피의 화요일을 찬양하
고는
이내 그것마저 부정해버렸다
아, 그러나 역사는 한번도 그를 심판하지 않았으며
오히려 그를 해방 남한 유수의 시인으로 칭송했으니
그는 나의 스승,
오늘도 나는 대방동 로터리를 지나며
그를 처음 찾던 날의 골목 안 적산 고가를 생각하다가
어젯밤 TV에서 본, 아직도 대추처럼 붉은
스승의 얼굴을 떠올리고는
쓸쓸한 웃음을 지어보는 것이니
누가 있어 아무도 참회하지 않는 오늘을 기록할 것이며
누가 있어 역사 앞에 그를 깨끗이 정리하고
통한의 눈물 뿌려줄 것인가   〈月刊朝鮮·1984〉

흐린 날

철근이 자라는
아스팔트 위 저 나무는
밤새도록 팔을 벌려
하늘의 눈송이들을 맞고 있다
허공중을 시속 수백 킬로로 달려온 눈송이들은
독한 배기가스를 피해
그래도 그 앙상한 팔에 안겨
아, 처음으로 꿈꾸어보는 지상에서의 불안한
눈송이의 작은 꿈

〈한국일보 · 1984〉

제3부

기념촬영

어스름이 깔리기 시작하는

141번 은마아파트 종점

녹색 모에 노란 완장을 찬 한 무리의 청년들이

큰길 가에 선 무허가 상점을

때려 부수고 있다

베니아판으로 지붕을 하고

얼기설기 판자로 벽을 댄 그 상점은

아침 저녁으로 한 외로운 할머니가 앉아서

신문을 팔던 곳

기다란 쇠몽둥이가 올라가 베니아를 걷어내고

함마가 한번 옆구리를 치자

단숨에 할머니의 집은 공중에 날아가고

살림들이 바닥에 나동그라졌다

경향신문 선데이 서울 죠니 크랙카

눈이 굵은 알사탕들

책임자안 듯한 사내가 재빨리 손가락질하자

어디서 껌 씹는 소리와 함께

서터 터지는 소리가 나고

할머니의 집은 마지막 기념촬영으로 박혔다

어느 여름날 오후의 가로환경정비사업의

〈실천문학 4권 · 1983〉

공사장 끝에

"지금 부셔버릴까"

"안돼, 오늘밤은 자게 하고 내일 아침에……"

"안돼, 오늘밤은 오늘밤은이 벌써 며칠째야? 소장이 알
면……"

"그래도 안돼……"

두런두런 인부들 목소리 꿈결처럼 섞이어 들려오는

루핑집 안 단칸 벽에 기대어 그 여자

작은 발이 삐져나온 어린것들을

불빛인 듯 덮어주고는

가만히 일어나 앉아

칠흑처럼 깜깜한 밖을 내다본다

〈실천문학 4권 · 1983〉

고모

물 건너 산 큰고모는 얼금뱅이에 육손이
시집 가 이태 만에 징용으로 남편 잃고
상머슴처럼 남의 품팔아 쬐기밭뙈기나 장만한 뒤
할아버지 할머니 제사 때면 꼭 좁쌀 한 말씩 이고
허위허위 무심한 깊은 강물 잘도 건너 오더니만
전쟁 통에 오빠도 맞아죽고 오금덩이 같은 아들 하나
밤사람 되어 산으로 넘어간 뒤엔
참대 지팽이 짚고 오봉산만 찾는다네
밤에도 한밤에도 초가 삼간 등불 밝혀놓고
밥상 차려놓고 동구 밖 달려나가
한번 가 소식없는 아들만 부른다네
오빠만 부른다네
샛바람만 불어와도, 강 건너서
차디찬 부싯돌만 반짝여도

〈실천문학 4권 · 1983〉

고향 가서

자라서는 모두들 고향을 떠나버리는 것일까
인공 때 산마을서 소개와 살던 아이
조야동
키가 작고 말소리가 가늘어 꼭 계집애 같던,
반에서도 늘 교탁 맨 앞에 앉아
선생님 눈에 잘 띄지도 않던 아이
한자로 趙冶東인데 선생들이 곧잘 趙治東이라고 불러
정말로 그의 동생 치동이가 될 뻔했던 친구
자라서는 야동이도 치동이를 끌고
어디론가 떠나버렸다
나는 안다, 야동이처럼 키가 작던
그 아버지 본전양반
어떻게든 마을에 붙박혀 살아보려고
전쟁통에도 산에 가 통나무를 베어 오고
밤새도록 도낏날 들어 장에 내갈 장작을 패던
그 낮은 돌담 산수유 많은 집을.
아, 그러나 세월은 흘러 그 양반 돌아가시고

오늘은 눈 어두운 본전댁 홀로 남아

허물어진 돌담 위로 손 내밀어

잘 있었느냐 물어오며 쓰다듬는 눈가에

떠는 잔주름

나는 고개를 돌려

야동이도 가고 치동이도 가고

내일이면 더 많은 친구들과 함께

내가 가야 할 동구앞 신작로를 바라보았다

〈실천문학 4권 · 1983〉

智異山

나는 아직 그 더벅머리 이름을 모른다
밤이 깊으면 여우처럼 몰래
누나 방으로 숨어들던 산 사내
봉창으로 다가와 노루 발과 다래를 건네주며
씽긋 웃던 큰 발 만질라치면
어느 새 뒷담을 타고 사라지던 사내
병뎀이 감시초에서 총알이 날고
뒷산에 수색대의 관솔불이 일렁여도
검은 손은 어김없이 찾아와 칡뿌리를 내밀었다
기슭을 타고 온 놀란 짐승을 안고
끓는 밤 숨죽이던 누나가
보따리를 싸 산으로 도망간 건 그날 밤
노린내 나는 피를 흘리며 사내는
대창에 찔려 뒷담에 걸려 있었다
지서에서 돌아온 아버지가 대밭에 숨고
집이 불타도 누나는 오지 않았다
이웃 동네에 내려온 만삭의 처녀가

밤을 도와 싱싱한 사내애를 낳고 갔다는 소문이 퍼졌을
뿐

〈실천문학 4권 · 1983〉

山노래

고요도 씻길대로 씻긴 새벽녘
우리 고향 섬진강이 지리산 마루턱을 향해 기어오르다
겨우 그 허리를 한번 껴안고는
크나큰 숨결로 쏟아져 내리듯이
숨가쁘게 나는 산에서 내려왔다
기차를 타고
모르는 산천에서도 깊이 잠들며
풀 돋은 둥을 구부려 물을 마시고
털투성이 다리를 뻗고
사람들과 함께 사는 별을 보았다
어디에 가도 깨끗한 이마를 드는 지리산
더 멀리 떠나 있어도
흰 살결로 산의 가슴을 파고드는 강줄기

나는 그 산의 옆구리로 불거져 나온 아들
너는 그 강의 찬 물결에 태어난
은어 같은 딸

가파른 계곡을 가르며 나는 등짐을 하고
너는 풀밭에 뜬 달을 따 마당에 걸자

어디에 가도 우리 등뒤로 큰 산이 숨쉬고
어디에 가 살아도 우리 마음 속으로 넉넉한 강이 흐르듯
밤 들판을 지나 새벽 들까지
새벽 들을 지나 콩밭의 이슬이 마를 때까지
빈 들에 엎드려 살다
이제는 푸르른 들과 함께 누운
가난하지만 착한 이웃들을 불러모아
모닥불을 일구자

〈샘터 · 1983〉

呼名

한번 불려간 것들은 다시는 오지 않는 것인가
내 등 두드리며 여기 서서 기다려라 하고 간 바람은
산 넘고 물 건너가 다시 오지 않는다
대수풀에 머문 구름에게 물어도
구름 위에 날개 접은 솔개에게 물어도
바람이 한번 간 곳 알지 못한다

한번 불려진 별들은 다시는 빛나지 못하는가
간밤에 불려진 한 별
큰 눈으로 지상을 굽어보며 빛나다가
새벽 하늘가로 스러져서는
다시 빛나지 않는다

한번 흔들린 풀들은 다시는 멈추지 못하는가
제 선 자리를 확인하기 위해
한번 고개 돌란 풀들
다시는 고개 돌리지 못하고 서서 흔들리다가

누군가의 찬 낮에
이슬을 흘리며 쓰러진다

한번 눈 부릅뜬 것들은 다시는 눈뜨지 못하는가
여름 잎사귀에 눈 부릅뜬 햇살 하나
잎사귀를 녹이며 구르다가
돌 위에 떨어져 돌을 태우고
다시 눈뜨지 못한다

한번 불려진 것들은 다시는 불려질 수 없고
한번 대답하고 돌아선 것들은
다시는 이전의 것이 될 수 없는가

〈마당·1983〉

당숙 이야기

만주국 영림창에서 갑자기 돌아온 우리 당숙은 봉두난
발에 가죽장화 차고 검은 말을 끌었는데요. 달 뜨면 뒷산
똥묘에 올라 고운 목청 뽑다가 말 끌고 어디론지 사라졌읍
니다. 먼 타관장에 숯 내고 온 동네사람들이 혹 가다 당숙
소문을 갖고 왔지만 빈 구루마 끌고 북쪽으로 가고 있다는
소문을 갖고 왔지만 할머니는 웬일인지 소금을 뿌리며 사
립 밖에 생솔을 치고 피 묻은 당숙 흰옷을 태웠읍니다. 화
약내를 풍기며 당숙이 돌아온 건 다음 다음날. 마늘밭에 포
장을 치고 더벅머리를 모아 매일 밤 이상한 재주들을 가르
치더니 동네를 돌며 처녀애들에게 호밀내나는 귓바퀴로 수
군거렸읍니다. 정월 보름 꽹매기 소리에 달집이 타오르던
날 밤, 강변 들은 화개 아랫녘서 모인 구경꾼들로 들끓었읍
니다. 막이 오르고 막 뒤 냇물 속에서 말을 끈 당숙이 무대
위로 오르고 객석에서 일어난 처녀들이 아리랑을 부르기
시작하자 마차 속에 숨었던 청년들이 봉화를 들고 만세를
외쳤읍니다. 온 들이 하얗게 숨죽이고 막이 내렸다 오르고
장타령과 줄타기가 시작됐지만 만세소리는 그치질 않았읍

니다. 당숙이 산으로 숨고 순사들이 푼 개가 피투성이 장화 한 짝을 물고 온 다음 그 다음날에도 그 소리는 그치질 않았읍니다.

〈文藝中央·1983〉

낙식이형

어디 가 무엇 하고 있을까 낙식이형은
호리호리한 키에 굽은 등 합죽한 턱
땅마지기 하나 없는 홀아버지 모시고 살지만
입담이 걸고 노래가 구성져
가는 곳마다 아낙들을 웃기고 조랑별을 웃기더니
자라서는 쇼단장이 되겠다고 되고야 말겠다고
밤 저수지 등천을 쩌렁쩌렁 울리고는
더벅머리 나부끼며 서울로 갔지
한번은 구두통을 메고
또 한번은 얼음배달 오토바이를 타고
내가 다니는 대학으로 찾아와
배워야 살겠더라고 너 하나만은 꼭 출세를 해야 된다고
주먹을 흔들며 맹세하라고 조르더니
어디 가 무엇 하고 있을까
시골로 약장사를 따라다닌다는 소문도 들렸고
오토바이에 다리를 잘리고는
영등포 어디서 또 구두를 닦더라는 말도 들렸고

아버님전 상서를 남기고 가진 것 없는

한 목숨 깨끗이 한강에 던져버렸다는 말도 들렸고

정말로 쇼단장이 되어 고향까지 내려왔더라는 소문도 들
렸지만

형은 다시는 나를 찾아오지 않았다

배운다는 것이 무엇인지

대학을 나와 출세한다는 것이

누구를 위한 무엇인지를

끝내 가르쳐주지도 않은 채……

〈文藝中央·1983〉

어머님의 손을 놓고

어머님의 손을 놓고 돌아설 때엔
벼포기도 파랗게 얼어 있더니
수수 그림자 빈 들에 일렁이더니
서울 온 지 십년 만에 주먹을 쥐고
내 오늘 찬 거리에 줄지어 선 신세
달아 달아 밝은 달아 피 팔아 밝은 달아
오늘밤도 울 엄니 동구 밖 나와
정거장 가는 길 바라보고 계시더냐
호롱불 켜고 돌아앉아 일자소식 묻더냐
고향을 가자 해도 이대로는 못 가
눈보라여 쳐라 이대로는 못 가

〈文藝中央·1983〉

꽃

호수에 빗방울 듣기니
수련 한 송이 반쯤 입을 열고
물 속을 내려다보다
하늘 향해 갑자기 불 같은 새하얀 고개를 들다

〈기독교사상 · 1983〉

들국

가신 이들의 못다한 숨결로
이 꽃이 피었다 들국화
저 숨쉬는 구월의 하늘가에 마알갛게
고개 내밀다
어둠이 내리면 온몸으로 저를 밀어
밤 속에 타오르는 꽃
그날의 산언덕에 따스한 돌담 가에
하얀 하얀 꽃이 피었다
짧은 비명으로 숨져간 꽃이

〈詩人 1집·1983〉

깃발

오지 않는 봄을 기다리며
나는 쓴다 민주주의여

겨울 푸른 들판에서
논둑길을 걸으며 쓴다
쓰다쓴 풀뿌리를 씹으며 쓴다
학교 마당 급식소에서
펄럭이는 포장을 걷으며 쓴다
한미 악수표 희멀건 강냉이죽을 도시락에 받으며
주먹으로 돌아서서 쓴다
이승만 박사 초상 앞에서 떨리며 쓴다
위대한 위대한 이름으로 쓴다
소학교 5학년 1학기
동포를 저주해야 하는 비극의 책장을 넘기며 쓴다
재갈 물며 쓴다
오동나무 살결 위에 쓴다
풍치원숲을 뛰쳐나가

총탄 속에서 눈뜨며 쓴다

소방차 위에서 쓴다

거리의 물결 성난 노도에 밀리며 쓴다

민주주의여 네 이름 위에

차가운 이마 대고 쓴다

새벽의 총성

그날의 피 흘린 새벽 위에

캐터필러 자국 위에 아스팔트 위에

숨죽이며 쓴다

혁명공약 위에 쓴다

검은 선글라스 위에 쓴다

중학 1학년 일제고사 답안지 위에

일제히 ○표를 치며 쓴다

메운 채찍 위에 쓴다

고춧가루 위에 쓴다

어두운 지하실에 누워

머리를 짓밟고 오는

게다 소리를 들으며 쓴다

최루탄 위에 쓴다

동맹휴학 위에 쓴다

캄캄한 세월 기나긴 어둠의 세월

철창 속 마룻바닥 위에 엎드려

언 손 불며 쓴다

칼바람 속을 나서며 쓴다

서슬 푸른 사슬에 놀라

뒷걸음질치며 쓴다

어머니 가슴에 갈대머리 묻고

조용히 조용히 흔들리며 쓴다

참을 수 없는 시간

더 이상 기대일 수 없는 진리

세상의 모든 책장을 덮고 단호히 쓴다

가방 속에서 외치며 쓴다

아픈 돌팔매를 던지며 쓴다

눈물 고인 화염병 위해 쓴다

불타는 눈으로
차마 타는 눈을 감고 쓴다
헐린 벽 틈으로
손가락을 내밀며 쓴다
닿을 듯 닿을 듯한
뭉클한 손을 잡으며 쓴다
가쁜 숨결로 판자벽을 두드리며
다급히 쓴다
그리운 그리운 얼굴을 들어 쓴다
아 신새벽을 넘어온 또 낯선 발에
손가락을 짓밟히며 쓴다
시멘트 바닥에 나뒹그라지며 쓴다
비명 위에 피 흘리며 쓴다

싸늘한 봄이 또 한 차례 지나간 들판에서
쓰디쓴 풀뿌리를 씹으며 쓴다 민주주의여
그리워 목메인 너의 이름

언제 어디에 써볼 것인가
그대 승리할 날의 눈부신 펄럭임
푸르른 날의 고요의 깃발이여

〈詩人 1집 · 1983〉

1956년

엄니 엄니 울 엄니
쳉이나 장수 울 엄니
미나리밭에 푸르른 웅덩이에 해 떨어진다
밀꽃이 이울어도 오지 않는 울 엄니
치자꽃이 날려도 오지 않는 울 엄니
별이 가고 달이 가도 오지 않는 울 엄니
오늘 석양엔 또 어느 주막집 거리에 서서
길을 묻고 있을까
산여우가 숨어 울면 가만가만 가오
돌장승이 우뚝 서면 쉬었다 가오
고개 고개 넘어 마을을 찾아
호롱불빛 깜빡 새는
남의네 처마를 찾아
풀비린내 역한 삼베치마 허리에 졸라매고
별빛 아래 가고 있을 울 엄니

〈現代文學·1983〉

풀밭에서

그대 터진 벌거숭이 상처를
별빛으로 덮고 어서 잠들거라
날이 밝는다

〈韓國文學·1983〉

가을에

내 영혼은 낙엽
차고 또 차오르며
하늘 높이 날으고도 싶지만
그대 어깨를 스치며
발목 깊숙이 또한 내리고도 싶다

이 봄에

우리의 땅은 나뉘지 않았다
저 눈부신 햇살 아래
굽이치는 산맥도
가슴에 커다란 쇠북을 안은 채
봄 물결 푸르게 출렁여 대는 바다도
나뉘어본 적이 없다
우리의 하늘은 나뉘지 않았다
다만 우리의 마음과 마음만이
갈가리 찢기고 피멍들어
다시는 만날 수 없음이여!

〈韓國文學 · 1983〉

제4부

나무의 숨결

아침부터 부는 바람에
잎새가 흔들린다
흔들리는 잎새는 나의 혼이고
바람은 내 혼의 바깥에서 불어온다
불어라 바람,
내 혼의 여린 떨림이 멈출 때까지
흔들려라 나의 잎새,
가지에 부는 바람이 멎을 때까지

〈韓國文學 · 1982〉

돌

귀를 찢고 새벽까지 돌이 날은다
눈을 뜨고 하늘까지 돌이 날은다
입을 열고 절망까지 돌이 날은다
어떤 돌은 적막에 닿아 소리를 지르고
어떤 돌은 이 밤에 닿아 빛을 내고
어떤 돌은 공중에 떨며 주먹이 된다
그러나 날다 떨어진 돌은
발밑에 떨어져 꼼짝도 못하다가
온몸을 땅에 착 붙인 채
다시 절정을 향해 기어오르는
캄캄한 돌이 된다

〈1982〉

약속

이 고요 속에 누가 등불을 켠다
등불은 어둠을 뚫고 눈을 뚫고
위를 향해 절정을 향해 기어오르다
바람이 불어오면 잠시 고개 숙이고
땅 속에 스며 더운 꽃을 피워 놓고
돌밭에 떨어져 돌 하나를 단단하게 물들여 놓고
다시 바람 위로 주먹 위로 기어올라
저 목을 향해 곧게 곧게 펄럭인다

〈韓國文學·1982〉

아득한 산

우리가 오늘 오르기에는
아득한 산
가파른 산
우리는 지금 그 밑에 서서
안개와 비에 젖은
너의 얼굴을 안타까이 안타까이 바라다볼 뿐
아, 아득한 산
가파른 산
우리 모두 다시 태어나지 않고선
영원히 오르지 못할 산

〈韓國文學·1982〉

97

국립서울대학병원

동장과 먼 친척뻘 되는 이의
보증을 사정사정하여 받고도
이주일이나 더 걸려
가까스로 입원수속을 끝낼 수 있었다며
오늘처럼 기쁜 날은 생애엔 없었노라며
젖먹이를 안은 여인은
온 얼굴로 웃으며 말했다
밤 한시
소아외과 병동 나무의자 긴 대합실
잠든 병자 곁을 떠나온 무거운 사람들
어떻게 해서든지 그애만은
다리를 절게 해서는 안된다며
내일은 또 내일 어찌할 수 없다 하더래도
아침이 오면
날 밝은 거리로 나가봐야겠다며
이마에 송글송글 솟은 땀을 훔치며
그 여인은 말했다   〈世界의 文學·1981〉

옛동산

우리 고향 웃사둘 마을에는 감이 익겠지

학교에서 돌아오면 나무에 올라

주린 배를 참으며 노래 불렀지

가을볕 부신 햇살에 감이 익어라고

푸른 하늘 한가득 서리 묻은 감이 익어라고

가지 가지 사이로 머리통을 흔들며

노래 슬픈 노래 불렀지

아 길태는 어데 갔노

저녁이 지날 때까지 나무에 달라붙어

연기 오르지 않는 빈 굴뚝을 바라보며

작은 주먹으로 눈물 훔치던

아 길태는 어데 갔노

다리 저는 홀어머니 감나무 밑에 남겨둔 채

〈世界의 文學·1981〉

얼굴

형님은 요즘 무슨 생각을 하고 계신지
창 열고 높은 벽과 아주 앉아
별빛을 생각하시는지
별빛보다 먼 하늘 생각하시는지
두 눈에 눈물 가득 고여 내다보는 얼굴
눈에 선해라

〈世界의 文學· 1981〉

남녘 강에서

구례라 섬진강 푸르른 물결 위에
늙은 사공은 비끼어 서서
올해도 또 한 해 새하얀 귀밑머리 쓰다듬다

먼 산 이마엔 서릿발 같은 눈
강 건너 갈대밭에선 놀란 장끼
남빛 하늘을 차고 오르는 소리
젊은날 잔물결 가르고 소금배 들어오다

올해도 스쳐가나니
마을의 찬 술 한잔
귀밝이 찬 술 한잔
칼바람 높새바람 뜨거이 넘던
두고 온 고향 하늘 우러르다

새 빛 새 햇살
찰랑찰랑 모래톱에 부서져
맑은 눈 새로 뜨는 남녘 강에서.   〈1981〉

憂愁詩篇

봄

나는 그대에게 무엇을 주리
저 바람에 휘날리는 사과꽃말고
아니요, 아니요 햇살 아래 초록빛 머리
사나웁게 흔들어 대는 수양버들말고
아 나는 그대에게 무엇을 주리

가을 벌

가을 벌에는 누가 사나
가을이라 서러운 푸성귀 같은 햇살 아래 가로수 아래
문둥이가 살지 체장수가 살지
가을 벌에는 누가 사나
미나리 같은 햇살 아래 쩌렁쩌렁한 기와집 아래
한 슬픈 種奴가 살지 그 소년이 살지

비

비가 내린다
硝煙을 씻어내는
비가 내린다
광풍 뒤에
그 노호의 거리 뒤에
깨끗한 깨끗한
비가 내린다

전야

지평선으로 누가 가고 있다
바람 몰아치는 광야를 향해
별빛 아우성 고요한 광야 위의 한 마을을 향해
누가 가만가만 소리없이 나아가고 있다

〈韓國文學·1981〉

지금은 갈 수 없는 땅

지금은 갈 수 없는 땅
묏부리로 솟아도 영봉으로 솟아도
넘을 수 없는 산
너울파도로도 가슴파도로도 건널 수 없는 바다
꿈 아니고선
죽어 한줌 재로도 짙푸른 연기로도
돌아갈 수 없는 곳
산이 막혀 철산이 막혀
갈 수 없는 곳
눈을 뜨면 철썩 양파도 치는 소리
되파도 치는 소리
하룻밤 자고 나면 또 철썩
왜파도 치는 소리 몰려오는 소리
아아 삼십년
다녀오마 섰던 그 자리에 푸른 솔 돋아
그 바람 그리운 소리 만나
저 높은 철산 뒤흔들 때까지

거친 바다 휩쓸어버릴 때까지
어머니도 기다리고
나도 서서 기다렸지만
지금은 서로 눈멀고 귀멀어
떨리는 지팡이로 목놓아 부르다
언덕을 내려서야 할 때
그러나 어머니 갑니다
지금은 갈 수 없는 땅
동해바다 모든 파도 날뛰는 파도 삼켜
내 파도 큰 파도 만들어 솟구치며 갑니다
우리 땅 모든 철산 무너뜨려
푸른 바람 솔바람소리 내며 갑니다
내일이면 갑니다

〈創作과批評·1980〉

각설이

앞강 냇강 건너서 왔다
산길 들길 걸어서 왔다
칼바람 모진 추위 만나면
남의 집 헛간에서 짚덤불 잠을 자고
해 뜨는 동녘 향해 무쇠다리로 걸었다
누가 우리를 떠도는 초랭이라 하드냐
찬 서리 내리면
들판에 널린 잠 못든 원귀들 불러
한바탕 춤을 추고
잔칫집 찾아 따순 국밥 한 그릇에
몸 풀며 고갯마루 넘어온 우리를
그 누가 섭섭히 각설이라 부르드냐
굶주린 마을을 만나면
캄캄한 하늘 향해 불 밝히고
온 동네 사람 모아 논다니 굿거리 장단으로
어둠을 몰아냈다
뼛속 마디마디 맺힌 함성 질러

검은 세월 몰아냈다

밝아오는 어덕 아래 마주 서서 마을을 돌아다보면

우린 모두 우리에게밖에 기댈 곳 없는 사람들

언덕을 넘어서 가자 팍팍한 고개

여울을 깨고 건너자 깊은 속내강

눈보라 살을 에이면

움막 뒤에 붙어서 자고

해 뜨는 동녘 향해

검붉은 얼굴로 일어서 가자

〈創作과批評 · 1980〉

저녁에

상심한 자의 마음 위에
굽은 어깨 위에
스치며 별이 뜬다
그러면 땅을 뚫고 나온 벌레 한 마리
어디로 가고 있다

〈文學思想 · 1980〉

너

너는 하늘이었다

노도처럼 거리를 뛰쳐가다

잠깐 고개를 들어

하늘을 보던 너의 얼굴은

하늘이었다

먹구름 속에서도 함성처럼 이내 밝아오던 하늘

찬 비 속에서도 이마를 들고 빛나던 얼굴

거리를 뛰쳐가다

돌멩이 곁에 문득 멈추어 선 너의 얼굴은

광막한 광막한 하늘이었다

〈부산일보 · 1980〉

제5부

동무들

여름밤이면
저수지 둑천에 벌렁 누워
별들이 빛나는 것을 보았지.
종대, 지환이, 문교
그리고 대학을 다니던 나.
풀들은 서걱이고
마음은 맞지 않고
우리들은 스무 살.
탱자나무 울타리 곁을 종종걸음으로
달리던 책보 맨 아이들이 아니었지.
농사 이야기를 한 건 아니야.
수문 터지던 이야기를 한 건 아니야.
골 키퍼를 잘 보던 용구는
읍내장 산동장을 떠돌며 간따꾸 장사를 하고.
자지가 컸던 명수는 까져서 트럭을 몰고
제주도 가서 철물점 점원이 된 길태는
돈을 모아 간호원 아내를 얻었다더라.

서울 올라가면 너는
이쁜 여대생과 함께
종소리 울리는
도서관 계단도 오르겠구나.

모깃불이 심심하면
저수지 둑천에 올라
서울의 찬가를 부르며
깨끗하고 깨끗한 사람들만 모여 사는
도시의 거리를 이야기했지.
내일은 농약을 쳐야 하고
모레는 부역하러 면사무소에 가야 하고
글피는 벌레들 등쌀에 논둑을 깎아야 하는데
그러나 우리는 텔레비전 이야기를 했지.
水路에는 마른 게가 슬슬 기는데
무논에선 갈대가 쑤욱쑥 자라는데
흔들릴 것도 없이, 팔짝팔짝 뛸 것도 없이

우리는 마음이 맞지 않아
둥천에 벌렁 누워.

〈現代文學·1979〉

발안 가는 길

발안으로 가는 길은 너무 무거워
나는 저 낮은 산 아래 엎드려 사는
한 젊은 소설가와 그 어머니를 알지
깊은 밤에 문득 일어나
아들은 막막한 소설을 쓰고
아들이 잠든 집을 나와
남양만 밀물에 밀려온 새우를 줍는
그 어머니를 나는 알지
나이 들어 허리 아릴 때까지
전라도라 고흥 벌교 여수 순천
머리에 생선함지 이고
무임승차 열차에 쫓기며
조성역 새벽에 내려
서울로 학자금을 부치던 어머니
그러나 오늘은 돌아와
지아비 같은 아들 곁에 가까스로 누워
낮게 낮게 다리 펴고 잠든 어머니 〈創作과批評·1979〉

어스름 때

할배 할배 빡빡 할배

새우젓이나 장수 곰보 할배

앞 남산 뒷 남산에 가실 해 떨어지면

볏섬 널린 마당으로 갸우뚱갸우뚱 찾아들던 할배

새우젓 사려 새우젓 사려

하동 포구 남해나 바다 삭삭 긁은 새우젓 사려

구성지게 찾아들던 아랫녘 할배

정지문 가에 새우젓통 내려놓고

밥 한술 주오 맛나게 비벼 먹고

짝 한되 듬뿍 새우젓을 떠주고는

어스름 속으로 일어서던 할배

뒤우뚱뒤우뚱 일어서던 할배

고추잠자리 높이 날아

올 추수마당도 끝나고

대빗자루 몽당이 되었는데

우물가에 사립문 가에 들리지 않는 그 목소리

올 가실엔 어디 가서 지게목다리 받쳐놓고

삭삭 곰은 새우젓을 파나

남해나 바다 꽉 삭인 바다를 파나

고추잠자리 높이 날고

마당 가에 세워둔 대빗자루 몽당이 되었는데

〈創作과批評 · 1979〉

오금바우

나 오금바우는 우리 마을 재지기
빡빡 깎은 머리에 흰머리 육십이지만
작달만한 키에 다부진 몸매
마을사람 아무에게나 반말짓거리를 듣고
양반님네들 앞에 서서
두 손 모아쥐고 허리를 구부려
콩 놓아라 팥 놓아라 명을 받지만
젊으나젊은 시절엔 이 바닥
칠월 백중 상씨름판을 휘젓고
아씨들 신행길에 따라가
먼 마을 양갓집 규수들도 남 몰래 울린 사내
동네 어른들 앞을 지날 때는
길 한쪽에 붙어서서 고개 수그려
옆걸음을 걷지만
이른 아침 쨍쨍한 등천마루에 올라
목청아 너 터져라 외치는 소리
동네 어르신들 회의 나오시고

머슴들은 부역 나오시우

신작로 가에 양복쟁이 한 눔 들어서니

술 단속 솔가지 단속 마누하님 속곳 단속들 잘 허시우

동네에 초상이 나면 부리나케 달려가

마당에 불을 지피고 차일을 치고

꽃상여 실하게 엮어 뒤에 세우고

한손에 핑경 들고 한 손에 막대 들어

댕그랑쟁그랑 북망아 너 어데냐

한 목숨 정하니들 데려다주었건만

맞닥뜨리는 양반마다 이리 비켜라 저리 썩 물러가라

마주치면 아무나 요금바우 저금바우

이 날 입때까지 외치고 비켜서고 일하고 늙어왔건만

느는 것은 양반님네들 거드름

쌓이는 곳은 양반집 곳간

동지 섣달 찬 바람에 덜컹거리며 우는 것은

우리네 움집 봉창문뿐이더라

서럽어 못살겠다

내 오늘도 아침볕 쨍쨍한 등천마루에 올라

썩어가는 마을 향해 외친다

신작로 가에 양복쟁이 또 한 눔 들어선다

어와 양반님네들아

광 단속 곳간 단속 아랫것 털렁 단속들 잘 허시어 대대손
손 누리어라

한번 가면 다시 못 올 북망길 갈 때

이내 팔 붙잡고 울음 울며

같이 가자는 말씀이나 말고

〈創作과批評·1979〉

새벽길

낯선 사내들
나를 눕혀 바윗덩어리처럼 몸부림치다
침을 뱉고 팔뚝을 걷고
눌린 목을 빼 뒤돌아보며
일터 찾아 떠나가버린 새벽
그 넓은 등뒤에 홀로 남아
두리번거리는 낯선 내 얼굴

〈1978〉

누이 곁에서

어서 가야지
어린 네가 손을 저어
하나뿐인 이 오빠 돌아서라 하는구나
늙으신 어머님은 네가 모시겠다고
더욱 멀리 가서 헤매이다
눈보라 속으로 길 만들어
돌아오라 하는구나
걷다가 발길 멈춰 동구앞 보면
정자나무에 기대어 기대어 선 모습
맞아들이고 이내 보내야 하는 너의 모습
어서 가야지
벌판이 다하면 또 벌판
눈보라를 피하면 또 눈보라
끝이 없어도, 숨에서 가는 길

〈女性東亞·1978〉

남쪽으로 가는 열차

남쪽으로 가는 열차는 등불을 켠다
대낮에도 등불을 켜고 간다
한강철교를 뚫고 괴로운 산을 뚫고
호남벌에 닿아서도 온몸에 등불을 켜고 간다
아득한 그리움에 기적 울리며
돌아누워 참는 땅에 이마를 들고
가도 가도 목 타는 남도길 간다

〈1978〉

며눌에게

강물이 풀리면 온다
노들잇벌 갱변으로 온다
다북쑥 피면 나가 보거라
울 너머 송화꽃 펄펄 날리면
애기들 손목 잡고 나가 보거라
수렁내에 젖어서 애비는 온다
소 같은 눈 부릅뜨고 시퍼렇게 온다
뒷모텡이 사립짝에서 보리방아 찧다
가마니 속에 피아골로 끌려간 자식
내 언제 꽃상여에 덮여
꼬부랑탕 저 고개 넘어가버리면
언제나 만나볼꼬 그립운 자식
 동구앞 돌아보며 돌아보며 설한풍 속에 먼저 간다고 일
러주거라
 저승가 개울 가에서 혹 마주치면
 거기 지팽이 짚고 먼 산 바래는 누더기 할미가
 이 에미라고 전해주거라

깨꽃이 필 때면 나가 보거라

쏨부기 울음 문풍지에 바르르 쑥빛으로 물들면

노들잇벌 갱변으로 나가 보거라

강물이 풀리면 온다고 했다

노들잇벌 갱변으로 온다고 했다

〈韓國文學 · 1978〉

남쪽

어디가 좀 아파야겠다고
가슴이 울고 돌멩이가 울고 돌멩이 위의 새파란
하늘이 깨어져 운다
어디가 좀 터져야겠다고
터져서 꼭 한번 빛나야겠다고
네게로 와서 내 몸이 울고
등성이로 허리를 뻗던 산맥이 울고
불에 단 새들이 빈 들에 내려 운다

〈詩文學 · 1978〉

獻詩

강 건너 강 건너로 갈까

재 너머 재 너머로 갈까

토끼풀 필 때마다 보고 싶었다

뜸부기 무논에 울 때마다 보고 싶었다

개울 가 소내기 퍼붓는 산비탈에

이 애비, 너 젊어진 지게 받쳐놓고

민주야, 오늘은 삽을 들어

네 이름을 먹구름 속에 흙바람 속에 고이 묻는다만

새 봄이 오면 너는 파릇파릇 살아서 오라

무덤 가 진달래꽃 흐드러지면

쩌렁쩌렁 산천을 울리며 오라

쫓기는 애비들의 타는 가슴으로 오라

청계에서 구로에서 다리 밑에서

억눌려 소리치는 그 모든 깃발로 오라

칼빛이 부딪치면, 함성의 그날이 오면……

〈週刊시민 · 1978〉

送別

박꽃이 피면 돌아올래

버들숲에 뻐꾸기 울음 푸르르면 돌아올래

논둑길 따라 신작로 따라

돌아설 듯 돌아설 듯 철사줄에 묶여 가는 못난 자식아

못 배운 것이 한이었더냐

허기진 배가 한이었더냐

산비탈 뙤약밭이나 더부살이해

모진 목숨 이어가자 했더니

남의집 머슴이나 또 한 해 살아

보릿고개 간신히 넘기자 했더니

말끝마다 가진 놈들이 원수라며

눈 부릅떠 낫을 갈고 벗을 갈더니

기어이 서울 가 일을 내고 말았구나

나랏돈이 많다지만 그게 언제 우리 것이었으며

기름진 땅이 남아 돈다지만 그게 언제 우리 것이었더냐

도낏날이 운다 해도 우리 것이 되었더냐

발길 멈춰 고향 앞 돌아보며 돌아보며

철둑길 따라 가는 못난 자식아

강 건너 탱자꽃 필 때 새가 되어 올래

재 너머 재 너머 큰 산이 울 때 소내기 되어 올래

<世代·1977>

아, 4월

감잣대를 뜯다가도 나는 너를 기다렸다
오늘도 동냥 나가 나는 너를 기다렸다
강 건너 버들잎 날리면
보리밭 둑을 타고 너는 오리라
뒷산에 진달래 붉게 울면
목발을 짚고 너는 오리라
땅에 젖은 얼굴 빛나는 함성
그날의 총탄 속을 뚫고
너는 다시 오리라
거친 땅이 낳은 아들 문둥이 아들
누더기 속에 간 오히려 깨끗한 사랑
두 팔에 덥석 안을 날은 오리라
아아 몇몇 해던가
먹구름을 몰아내면 또 같은 먹구름
소나기를 피하면 더 거센 소나기
너는 오지 않고 쉽사리 오지 않고
종살이에 지친 누이들

칡꽃이 희게 울 때 또 다른 주인 찾아 몸 팔러 갔네

종달이 빈 밭에 날 때

힘깨나 쓰는 동생들 서울 가 떠돌이가 되었네

애비 같은 비렁뱅이 되었네

아아 몇몇 해던가 기다림의 나날

한번은 박차고 나아가 맞이해야 할 날

가난하지만 자랑스럽게 우리가 우리 차지해야 할 날

크나큰 슬픔의 날 기쁨의 날 별빛 해방의 날 오리라

바로 너는 오리라 꽃수레 타고

가랑잎만 굴러도 나는 너를 기다렸다

다리 밑 움막 열고 나와 나는 너를 기다렸다

〈嶺大新聞·1977〉

고개

앞산길 첩첩 뒷산길 첩첩
돌아보면 정든 봉 첩첩
아재야 아재야 정갭이 아재야
지게목 떨어진다 한가락 뽑아라
네 소리 아니고는 못 넘어가겠다
기러기떼 돌아 넘는 천황재 아홉 굽이
내 오늘 너를 묶어 이 고개 넘는다만
언제나 벗어나리,
가도 가도 서러운 머슴살이 우리 신세
청포꽃 되어 너는 어덕 아래 살짝 필래
파랑새 되어 푸른 하늘 훨훨 날래
한 주인을 벗어나면 또 다른 주인
한 세월 섬기고 나면 더 검은 세월
못 살아가겠다고 못 참겠다고 너도 울고 낫도 울고 쩌렁
쩌렁 울었지만
오늘은 찬 바람에 봉두난발 날리며
말없이 너도 넘고 나도 넘는다

뭇새들 저러이 울어 예

차마 발 떨어지지 않는 느티목 고개,

묶인 너 부여안고 한번 넘으면 그만인 아, 죽살잇 고개를

〈文藝中央·1977〉

산속

산 넘고 산 너머엔 누가 있노
다람쥐가 살재 도토리가 살재
산 넘고 산 너머엔 누가 있노
산토끼가 살재 여뀌풀이 살재
산 넘고 산 너머엔 누가 있노
불여우가 살재 승냥이가 살재
산 넘고 산 너머엔 누가 있노
호랭이가 살재 멧돼지가 살재
산 넘고 산 너머엔 누가 있노
아부지가 살재 산적들이 살재
산 넘고 산 너머엔 누가 있노
별빛들이 살재 함성들이 살재
산 넘고 산 너머엔 누가 있노
화전꾼이 살재 배가 고파 살재

〈新東亞·1977〉

134

갈망과 탄식의 시

廉武雄

10년 전에 나온 시집 『만월(滿月)』은 지금 펼쳐 읽어도 그 싱싱한 감성과 예리한 시선으로 감동을 전해준다. 한 시대의 정치적 분위기를 비상하게 명료한 시각적 영상 안에 응축시킨 작품 「출분(出奔)」의

흑석동 山허리에 시퍼런 낮달 하나 떠올라
악악 소리치며 지지 않고 있다
걸 가던 사람들 死色이 된 서로의 얼굴에 놀라
가까스로 팔다리 내밀어
그림자 뒤로 걷고 있다

같은 귀절의 섬뜩함, 「삼밭」「흉년」「마부의 꿈」「오빠」「머슴 고타관씨」「만월(滿月)」「옥례」「어느 변사(辯士)」「덕

석몰이」 등등 수많은 작품에 산재해 있는 민중설화들, 「서시(序詩)」「바람아」「너」「이름」「그리움」「나의 노래」 같은 작품들의 뼈대를 이루는 치열한 갈망과 끝없는 자기쇄신의 모색, 그리고 이 모든 표현들의 과정에 작용된 견고하고 밀도 있는 언어적 형상력은 이시영(李時英)을 동시대의 다른 젊은 시인들로부터 뚜렷이 돋보이게 하는 특징이었다.

그런데 지금 생각해 보면 이시영 문학의 체험세계를 이해하기 위한 단서는 「후꾸도」나 「정님이」 같은 작품에 들어 있지 않은가 한다. 이 두 작품은 정확히 대응되는 구조를 지니고 있다. 시적 화자의 눈앞에 현전해 있는 것은 "흑석동 종점 주택은행 담을 낀 좌판" 앞에 "어린애를 업고 넋나간 사람처럼 물끄러미/모자를 쓰고 서 있는 사내"와 "용산역전 늦은 밤거리/내 팔을 끌다 화들짝 손을 놓고 사라진 여인"이다. 도시의 뒷골목 구석구석에 처박혀 힘들고 전망 없는 나날을 살아가는 우리 시대의 뿌리 뽑힌 사람들, 이른바 소외계층이다. 문득 스쳐간 그들의 모습에서 시인은 어린 시절의 기억을 떠올린다. 함께 글을 배우며 꼴머슴을 살던 소년 후꾸도, 그는 툭하면 실수를 저질러 야단을 맞으면서도 멀뚱멀뚱 착한 눈을 들어 웃곤 하던 순박하고 부지런한 사람이었다. "목화를 따고 물레를 잣고/여름밤이 오면 하얀 무릎 위에/정성껏 삼을" 삼던 처녀 정님이도 어린 시절의 정다운 누나였다. 그들의 떠남은 시인에게 그들과 육

친의 정으로 얽혀 보낸 소년기의 종말이고 바로 농촌공동
체의 붕괴이다. 그들은 한번 가서 다시 오지 않으며 오직
아득한 풍문을 통해서만 그들의 좌절된 생애를 알려온다.
어린 날의 후꾸도와 정님이 누나, 흑석동 좌판 앞의 사내와
용산역전의 창녀 즉 잃어진 과거와 막막한 현재를 이어주
는 끈은 무엇인가. 그것은 아마 그리움일 것이다.

　　그리움에 언뜻 다가서려고 하면
　　나를 아는지 모르는지 모자를 눌러 쓰고
　　이내 좌판에 달라붙어
　　사과를 뒤적거리는 사내

　이 부분에서 시인의 개인적 회상은 오늘 이 시대의 삶에
대한 문제제기로 보편화되는데, 그러나 이시영 문학의 특
징은 실감나는 한 장면을 구체화시키는 데 그칠 뿐 여기에
어떤 사회학적 주석을 선부르게 첨가하지 않는 점이다.

　　　　　　　　　　*

　지난 10년 간의 업적들을 모은 이번의 시집 『바람 속으
로』에도 『만월』의 시각은 기본적으로 지속된다. 가령 「서
울행」같은 작품에서 정님이 누나는 여수발 서울행 야간열

차의 만원객실에 함께 탄 젊은 여인이 되어 나타난다. 그녀
의 등에 업힌 아기는 잠들어 있고 통로 바닥에 깐 담요에는
예닐곱 살짜리 사내아이가 앉아 있다. 그녀는 일년 전 실농
하고 집을 나간 남편을 찾아 "명일동 워디서 보았다는 사
람"의 말만 믿고 두 아이를 데리고 서울로 가는 길이다. 이
것이 시적 화자의 면전에 펼쳐진 장면이다. 그런데 그는 그
젊은 여인이 찾아가는 명일동이란 데가 어떤 곳인지 너무
나 잘 알고 있는 것이다. 한때 그곳은 "대낮에도 광산촌같
이 컴컴하던 동네/스피커가 칵칵 악을 쓰고/술 취한 사내
들이 큰댓자로 눕고/저녁이 오면 낮은 처마마다/젊은 아낙
들의 짧은 비명이 새어나오는 곳", 요컨대 농민분해와 도시
화의 과정이 낳아놓은 우리 시대의 모순의 심장부 즉 도시
빈민지역이다. 어떤 순박하고 선량한 시골 여인도 조만간
"목에 핏발을 세우는" 악착스런 여자로 변하게 만드는 그
런 곳이다. 그러나 문제는 헐벗은 차림새와 황폐한 심성으
로나마 그들의 생존을 지탱해주던 그 마지막 거점조차 이
제는 어디론가 밀려나 버렸다는 사실이다. 남편이 터를 잡
고 맞아주리라 믿고 찾아가는 그 여인의 명일동은 이제 서
울에 없으며 어쩌면 이 세상 어디에도 없는 것이다. 따라서
그 여인과 두 아이를 기다리고 있는 것은 캄캄한 어둠 속에
서의 갈가리 찢어진 삶뿐이다.

　시인의 고향땅 어린 시절로부터 이 어둠의 도시로 밀려

왔다가 다시 저 소문의 나락으로 실종된 또 하나의 인물을 예로 들면 「낙식이형」이 있다. 그는 땅마지기 하나 없이 홀아버지를 모시고 살면서도 "입담이 걸고 노래가 구성져/가는 곳마다 아낙들을 웃기던" 쾌활한 소년이었다. 그의 꿈은 쇼단장이 되는 것이었다. 그러나 이 대도시가 그에게 배당한 생업은 구두닦이나 얼음 배달원 같은 것뿐이었는데, 그런 생업을 부지해 나가는 일마저 낙식이 같은 존재에게는 끝까지 계속될 수 없었다. 그는 다시 나타나지 않는 것이다.

　이시영이 묘사한 이런 인물들 가운데 가장 감동적인 문학적 형상은 그의 「어머니」이다. 어머니는 떠나온 곳이자 돌아가 묻혀야 할 곳으로서의 고향의 육화된 모습이고 한 인간이 어린 시절에 겪는 모든 경험의 총화이며 시인에게는 언제나 무한한 영감의 원천이다. 「어머님 의 손을 놓고」와 「1956년」 같은 작품에 유행가요 내지 전래동요의 가락을 타고 잠깐 선을 보인 어머니는 이 작품에서 유례없이 간절하고 애틋하게, 이시영으로서는 거의 서사시적 규모로 그려지는 것이다.

　이 작품은 명백히 구별되는 두 부분으로 이루어져 있다. "없는 집 농사꾼의 맏딸로 태어나"부터 "아 좋았던 어머니"까지 어머니의 반생을 서술한 부분과 도시의 고층아파트 꼭대기에 새처럼 갇혀 지내는 오늘에 관련된 부분이 그것이다.

우리는 이 시를 두고서 여러 가지 문제점을 지적해 볼 수 있을 터인데, 아마 가장 근본적인 것은 그 두 부분이 얼마나 확실한 통합을 이루었느냐일 것이다. 이 시에 묘사된 바로써는 어머니는 그 시대의 대부분 여인들과 마찬가지로 고난의 생애를 견뎌왔다. "비가 오면 덕석걷이, 타작 때면 홀태앗이/누에철엔 뽕걷이, 풀짐철엔 먼 산 가기……" 등등 상일꾼처럼 일을 했고 그러면서도 일손이 거칠다고 남편에게 야단도 많이 맞았다. 따라서 그런 시절이 어머니 자신에게도 실제로 '좋았던' 것인지 아니면 그 시절의 아들에게만 '좋았던' 것으로 지금 기억되고 있는지 따져봄직하다. 어떻든 그때의 삶이 적어도 "허리 펴고 일을 해보려 해도/먹던 밥 치우는 것 말고는 없어"진 현재보다 더 역동적인 것이었음은 분명하다.

그러나 그렇다고 짐작되면 될수록 오늘 어머니의 생존이 이루어지는 "격절의 숨막힌 공간"이 더욱 견딜 수 없는 것으로 느껴지고, 동시에 "눈을 감고 당신이 지나쳐온 수많은 자죽/그 갈림길마다 흘린 피눈물들을 기억"하는 것만으로는 그 격절 상태로부터의 숨통이 온전하게 터질 것같이 느껴지지 않는 것이다. 중요한 것은 지난날에나 오늘에나 어머니가 바로 자신의 주체적인 삶을 사는 것이고 그렇게 주체적 삶을 획득한 어머니와 역시 당당하게 사는 아들 사이의 관계가 건강하고 새롭게 설정되는 것인데, 이 점에서 아들은 실제 생활에서나 시에서나 가부장적 전통의 계승자이기를 완전히는 포기하지 않고 있다고 여겨지는 것이다. 적어도 이러한 한에서 이시영의 문학은 일정한 소시민적 한계를 아직 충분히 돌파하지 못했다고 말할 수 있으며, 「서울행」 「낙식이형」 같은 작품들의 입각점도 기본적으로는 동일하다고 생각된다.

*

따라서 「귀향」 「고모」 「고향 가서」 「지이산(智異山)」 「당숙 이야기」 「동무들」 「어스름 때」 「오금바우」 「며눌에게」 등 많은 작품에 등장하는 이시영의 전형적인 인물들은 비록 짙은 혈연적 애정의 눈길로 묘사된다 하더라도 결국 시인과 현재의 삶을 공유하고 있지 않은 객체적 존재임이 점점 더 분명해지는 듯하다. 「머슴 고타관씨」나 「덕석몰이」 같은 시들에서도 사정이 크게 달랐던 것은 아니었으나, 우리는 그 점을 그다지 심각하게 의식하지 않을 수 있었다. 아마도 그것은 그때만 하더라도 시인이 고타관이나 옥례들의 세계에서 떠나온 지 오래지 않아서 그들이 훨씬 더 직접적이고 생생한 피부의 실감으로 살아 있었기 때문일 것이다. 그러나 이제 고향 사람들과 시인 사이에는 완연한 거리가 조성되어 있다.

우리가 떠난 들을 그들이 일구고
모두가 떠난 땅에서 그들은 시작한다
                                    ―「형님네 부부의 肖像」부분

나는 고개를 돌려
야동이도 가고 치동이도 가고
내일이면 더 많은 친구들과 함께
내가 가야 할 동구앞 신작로를 바라보았다.
                                    ―「고향 가서」부분

어디에 가도 깨끗한 이마를 드는 지리산
더 멀리 떠나 있어도
흰 살결로 산의 가슴을 파고드는 강줄기
                                    ―「山노래」부분

올해도 스쳐가나니
마을의 찬 술 한잔
귀밝이 찬 술 한잔
칼바람 높새바람 뜨거이 넘던
두고 온 고향 하늘 우러르다
                                    ―「남녘 강에서」부분

이러한 귀절들에서 우리는 농촌공동체의 붕괴와 고향상
실을 자신의 절박한 현실로 체험하기보다 어느덧 그것을
관조하게 된 자세를 읽게 되는데, 이런 일종의 여유랄까 쓸
쓸함은 『만월』에는 없던 것이었다. 반면에 「마포를 지나며」
나 「정적」에서처럼 도시적 풍경 또는 도시의 한 장소로 표
상되는 민족적 상황을 묘사할 때 이시영의 비유는 더할 수
없이 날카로와지는 것이다. 그리하여 시집 『바람 속으로』
는 아직도 여전히 농촌적 정서와 농민적 삶을 더 많이 노래
하고 있다 하더라도 그것은 매체로 도시에 갇힌 자의 시점
을 통해 회상되고 단식되며 또 갈망된다.

이제 이시영이 이 시집에서 새롭게 이룩해낸 시적 지향
을 살펴볼 계제가 되었다. 띄엄띄엄 잡지 같은 데 발표될
때 미처 눈치채지 못한 한 가지 사실을 나는 이 시집의 교
정지를 통독하면서 알게 되었는데, 그것은 지금까지 거론
해온 서사적 내지 설화적 얼개를 지난 시들과 극히 대조적
인 단형(短型) 서정시를 이시영이 그 동안 이미 상당수 써
왔다는 것이었다. 지금까지 얘기해온 바와 관련지어 가령
그의 「밤」이란 작품을 읽어보자.

밤은 먼 들의 바람을 몰고 와
십오층 빌딩의 옥상에 부려놓는다

거세게 부딪는 바람소리를 들으면
나는 빈 들로 나아가
한 마리 성난 사랑이 되고 싶다
그러나 밤은 가슴에 더욱 큰 바람을 안고 와
다시 한번 난간을 들이받고
피 흘리며 들판을 헤매다가
새벽녘 가장 강력한 폭풍이 되어
그 속에서 무너지지 않는
빛나는 눈동자를 태어나게 한다

　도시의 밀폐된 공간에 들려오는 거센 바람소리는 시인으로 하여금 근육을 움직여 살아가는 행동적 삶과 저 대자연으로부터 격리되어 있음을 가차없이 부각시킨다. 이러한 자의식은 '성난 사랑' '빛나는 눈동자' 즉 깨어 있는 정신으로 이땅에 이루어야 할 가치를 더욱 안타깝게 모색하게 만든다. 그것은 때로는 "검은 하늘의 별떨기 같은/커다란 사상의 밤을 낳고 싶다"(「밤을 위하여」)는 욕망으로 이어지기도 한다. 그러나 대체로 이러한 각성은 나날의 세속적 일상과 현실 속의 나른한 삶에 대비되면서 그 일상적 삶 안에서의 자기극복이라기보다 생활적 테두리를 문득 벗어나는 초월적 이마지로 조형된다. 이시영의 경우 그것은 동식물을 포함한 자연현상에서 구해진다.

상심한 자의 마음 위에
굽은 어깨 위에
스치며 별이 뜬다
그러면 땅을 뚫고 나온 벌레 한 마리
어디로 가고 있다

　　　　　　　　　　　　　—「저녁에」 전문

　선시(禪詩)를 연상케 하는 대담한 축약인데, 그것은 '상
심한 자'와 '벌레 한 마리' 간의 팽팽한 긴장을 침묵으로 감
당하고 있다. 그 '벌레'가 다음 작품에서는 '수련 한 송이'
로 변신한다.

호수에 빗방울 듣기니
수련 한 송이 반쯤 업을 열고
물 속을 내려다보다
하늘 향해 갑자기 불 같은 새하얀 고개를 들다

　　　　　　　　　　　　　—「꽃」 전문

　이런 계열의 시들 가운데 가장 짧은 작품을 인용하면 다
음과 같다.

그대 터진 벌거숭이 상처를
별빛으로 덮고 어서 잠들거라
날이 밝는다

—「풀밭에서」 전문

이 작품에는 분명 심금을 울리는 진실이 있다. 그러나 거
듭 읽으면서 더욱 분명히 느껴지는 사실은 이 시에 들어 있
는 것이 스스로 터지고 깨지면서 수많은 상처를 입은 자가
토해내는 가열함 그것과는 구별되는 무엇일 거라는 점이다.

기러기들 날아오른다
얼어붙은 찬 하늘 속으로 소리도 없이
싸움의 땅에서
초연이 걷히지 않는 땅에서
한 마리 두 마리 세 마리 네 마리
바람 속에서 오늘 눈감은 나의 형제들처럼

—「기러기떼」 전문

뛰어난 감각과 세련된 형상력을 과시하는 이 시는 이시
영의 명작이라 할 만하다. 물론 '찬 하늘을 날으는 새'는 서
정주의 「동천(多天)」에서도 익히 본 것이지만, 서정주의 새
가 철저히 개인주의와 신비주의에 기초하고 있음에 반하여

이시영의 기러기떼는 바로 이 땅의 역사적 현실 한가운데에서 고통과 억압을 당하는 오늘의 민중상으로 상징화되어 있다. 그러나 그와 더불어 그의 기러기들이 통렬한 비극과 투지보다 싸늘한 애수와 일말의 체념을 느끼게 하는 존재임도 부정될 수는 없을 듯하다.

*

거칠고 투박한 목소리들이 시단을 점점 더 요란하게 하고 있다. 기이한 실험들도 드물지 않게 눈에 띈다. 무엇보다 80년대의 한국시는 그 엄청난 생산량으로 후일의 문학사가들을 괴롭힐 것이다. 이런 형편에 이시영은 많이 쓰지도 않으려니와 길게 쓰지도 않는다. 이 사실 자체가 요즈음에는 한 시인의 귀한 덕목으로 돋보이기도 한다. 이러한 사정을 감안하더라도 이시영의 과묵이 진정한 대결을 감당해 나가는 과정에서의 인내인지 의심해 볼 만하다. 이것은 이시영에게 하는 말이라기보다 나 자신에게 하는 말인데, 이 새로운 시집을 계기삼아 한 꺼풀 벗어던지는 결단이 정말 있어야 될 것 같다. "저 살아 있는 마을의 떨리는 불빛들 속으로" 돌아가기 위해 가져야 할 것은 남들이 별로 안 가진 "내 몫의 침묵"(「겨울숲에서」)뿐만이 아니라 남들이 너무 많이 가진 듯이 보이는 '우뢰 같은 소리'이기도 하기 때문이다.

내일 이시영이 어떤 시인으로 새로 태어날지 지켜보기로
하자.

첫시집을 낸 뒤 꼭 십년 만이다. 그 동안 나는 나의 시를 열심히 쓰기보다는 주로 남의 시들을 '비평적'으로 읽고 그 것들을 모아 책으로 엮어 내는 일에 종사해 왔다. 그러나 남의 시를 비평적으로 읽는 일이 제 시를 '제대로' 쓰는 일 과 곧바로 연결되는 것은 아니었다. 거기에는 한없는 간극 이 있으며 갈등이 있고 자기모순이 있었다. 그런 점에서 나 는 예술가와 비평가를 겸업하고 있는 사람들을 부럽게 생 각한다. 그러나 그가 진정한 예술가라면 그는 남의 비평뿐 아니라 자신의 비평안마저 뛰어넘는 곳에서 출발하는 사람 이지 않는가! 예술의 새로움, 나태한 우리들의 일상에 충격 을 주고 세계를 일신시키고자 하는 의욕은 거기에서 태어 난다.

각설하고, 남들이 왜 시집을 내지 않느냐고 물어올 때가 내겐 가장 당혹스러웠다. 첫시집에서 더 진전된 세계가 없었기 때문이다. 말이야 얼마나 쉬운가. 십년 전 첫시집의 바로 이 자리에서 내가 내건 시적 과제가 하나도 달성되지 못했다는 것을 오늘 이 시집은 낱낱이 증명해 준다. 묵은 시들을 정리하면서 스스로에게 내리쳤던 뼈아픈 반성의 채찍을 앞으로의 삶에 교훈삼겠다.

71년부터는 신인 필자였고 80년부터는 직원으로 들어와 근무하고 있는, 풍상을 하도 많이 겪어 곰보처럼 얼굴이 숭숭 뚫린 오랜 친구 같은 곳에서 책을 내는 기쁨은 크다. 인생이 그러한 것처럼 문학은 혼자서만 하지 않는다는 것을 여기 들어와서 많이 배우고 느꼈다. 그 동안 만나 고생 속에서 서로 일으켜 세워주고 격려해준, 여기 이름을 일일이 적을 수 없는 많은 분들께 고마운 마음을 드린다.

창 밖에 새 바람이 분다. 잎새들이 초록으로 찬란하다.

1986년 4월

李時英

창비시선 54

바람 속으로

초판 1쇄 발행 / 1986년 8월 10일
초판 10쇄 발행 / 2023년 12월 19일

지은이 / 이시영
펴낸이 / 염종선
펴낸곳 / (주)창비
등록 / 1986년 8월 5일 제85호
주소 / 10881 경기도 파주시 회동길 184
전화 / 031-955-3333
팩시밀리 / 영업 031-955-3399 편집 031-955-3400
홈페이지 / www.changbi.com
전자우편 / lit@changbi.com

ⓒ 이시영 1986
ISBN 978-89-364-2054-3 03810